EPITRE

A SA MAJESTÉ L'EMPEREUR

NAPOLÉON

PARIS

TYPOGRAPHIE CH. MARÉCHAL, RUE FONTAINE-AU-ROI, 18.

M DCCC LXVI

Ye

© C.

43741

Je n'aurais jamais eu la témérité d'offrir ces vers à Votre Majesté Impériale, à l'occasion de sa Fête, si j'avais été guidé par la vanité.

La plume d'un soldat n'est pas assez initiée aux finesses, aux délicatesses de style, qu'exige un genre aussi élevé que celui que j'ai osé aborder.

Comment, en effet, chanter dignement les grands actes, les sublimes épopées qui font, du règne de Votre Majesté, le plus touchant, le plus fécond de tous ceux qui jusqu'à ce jour se sont déroulés dans les pages de l'histoire?

Comment peindre cet immense patriotisme, ce génie du bien, cet ardent amour de l'humanité?...

Homère seul aurait pu écrire ce que j'ai faiblement
esquissé.

N'était-ce pas pour moi qu'Horace disait :

. . . . Fere scriptores carmine fœdo
Splendida facta linunt. . . . . ?

Mais, SIRE, mon respectueux dévouement à Votre
Auguste Personne, mon enthousiasme, ma reconnaissance
envers le Bienfaiteur, le Régénérateur de mon pays l'ont
emporté.

J'ai osé.

Daigne Votre Majesté Impériale, être indulgente
envers celui qui se dit avec le plus profond respect,

Sire,

de Votre Auguste Majesté,

le très humble et très obéissant serviteur

et fidèle sujet,

A. GIRARD,

Ancien Capitaine.

LE QUINZE AOUT

EPITRE

A SA MAJESTÉ L'EMPEREUR

NAPOLÉON

PARIS

TYPOGRAPHIE CH. MARÉCHAL, RUE FONTAINE-AU-ROI, 18.

M DCCC LXVI

Clairons, sonnez vos fanfares guerrières,
Que le canon rugisse à pleins poumons ;
Et vous, échos, dites jusqu'aux frontières
Que nous fêtons celui que nous aimons.
Oui nous fêtons le Prince magnanime
Qui s'inspirant des élans de son cœur
Sut arracher la France de l'abîme
Et lui rendit son antique splendeur.

Loin des soucis dont votre front fourmille,
Loin de l'éclat, loin du bruit de la cour,
Venez à nous, vous serez en famille

Sire... pour vous ici tout est amour.
Que votre Fils, votre Compagne auguste
En nous voyant autour d'eux nous ranger,
D'un œil ravi puissent compter au juste
Leurs défenseurs à l'heure du danger.

En saisissant le drapeau de la France,
Comme le Christ aux premiers des chrétiens,
Vous avez dit : Aimons-nous. Confiance,
Vivons en paix, soyons bons citoyens.
Assez de sang a coulé dans la rue,
Arrêtons-nous, reprenons nos travaux.
Gardons nos bras pour les arts, la charrue,
Pour le bien seul enfin, soyons rivaux.

Et votre voix puissante apaisant les tempêtes,
Le soleil resplendit au dessus de nos têtes;
Et de nos travailleurs, les nobles légions,
Jetèrent leurs défis aux autres nations.
Ils luttent aujourd'hui, même avec l'Angleterre

Qui croyait l'univers son humble tributaire ;
Le monde entier reçoit nos produits précieux,
Notre soie en tissus, nos vins délicieux,
Nos bijoux, nos métaux et mille autres merveilles,
Trésors dus à l'esprit, à la science, aux veilles,
Et sur les Océans, nos sublimes marins
Trafiquent sans soucis, chantant leurs gais refrains
A l'abri respecté d'un drapeau tutélaire.

Paris perd en dix ans sa face séculaire ;
L'intelligent marteau frappe de toutes parts ;
Le Louvre est achevé, d'immenses boulevarts,
Des quais resplendissants, des squares magnifiques
Ravissent l'étranger... et ces splendeurs magiques,
Ces hardis monuments, ces superbes palais
Font vivre l'ouvrier, le soldat de la paix.
Oui, tout marche de front : beaux-arts, littérature,
Canaux, chemins de fer, commerce, agriculture ;
Perfectionnement des chevaux, du bétail,
Instruction publique... enfin, chaque détail
Se voit encouragé. — Les concours agricoles,

Les expositions, ces sublimes écoles
Sont les champs de bataille où chaque conquérant
Par un combat courtois se place au premier rang.

C'est ainsi qu'un pays où le travail progresse
S'assure avec la paix des sources de richesse,
Et bénit chaque jour les efforts généreux
Du prince prévoyant qui le veut rendre heureux.

Mais comment retracer ce qu'il nous reste à dire?
Inspirez-nous, Seigneur, inspirez notre lyre,
Afin que nos accents s'élevant jusqu'au ciel,
Nous reviennent plus purs du séjour éternel.

Sire, vous étiez seul à porter la couronne,
Vous vouliez une épouse en tout digne du trône,
Qui par sa grandeur d'âme et son aménité
Partageât votre tâche envers l'humanité.
Ce fut par des transports et des chants d'allégresse
Que la France accueillit l'adorable princesse

Que vous aviez choisie,... et le pauvre orphelin,
Devinant un appui, se dit : j'aurai du pain !...

Quand en un jour de mai l'aurore gracieuse
S'épanche sur les monts, riante, vaporeuse,
Caressant chaque fleur d'un baiser tendre et pur ;
Lorsque s'enfuit la nue et qu'un beau ciel d'azur
Inonde les vallons de ses clartés nouvelles,
Et qu'on voit dans les prés des milliers d'étincelles ;
Lorsque le rossignol, chanteur mystérieux,
Après sa nuit d'amours devient silencieux ;
Quand on sent les parfums de l'humble violette,
Quand du lys vaniteux s'achève la toilette,
Et qu'au loin l'horizon devient rose et vermeil...
Il se fait un bruit sourd.— C'est le bruit du réveil ;
L'oiseau quittant son nid va chercher la pâture ;
L'inconstant papillon étale sa parure ;
Le calice des fleurs est bientôt entr'ouvert,
Et des forêts s'élance un immense concert.
Chargé de ses outils l'homme plein d'espérance
Va travailler son champ qui promet l'abondance.

Ainsi l'Impératrice en entrant à la cour
Fut pour tous les Français l'aurore d'un beau jour!

Nos drapeaux triomphants revenaient de Crimée,
Malakof était pris et notre brave armée,
Après de longs travaux, d'homériques combats,
Recevait les honneurs dus aux vaillants soldats.
Déjà la paix signée assurait à la France
Le respect imposé par sa prépondérance.
Lorsque le SEIZE MARS on sut par le canon
Qu'un HÉRITIER naissait pour porter votre NOM.

SALUT!!! NOBLE BOURGEON D'UNE SOUCHE BÉNIE!
Salut! AUGUSTE ENFANT, ESPOIR DE LA PATRIE!
Salut! Fils du Héros, Fils du Libérateur,
A qui la France doit sa force et sa grandeur.
Vous recevrez un jour un immense héritage,
Mais dans votre famille il est un apanage,
C'est de savoir régner. — L'Aigle, ce roi du ciel
Encore Aiglon, déjà, fixe l'astre éternel.

Soudain de sombres cris poussés des bords du Rhône
Retentissent au loin et montent jusqu'au trône;
Le fleuve furieux enflé par les torrents
Détruit, brise, engloutit dans ses flots dévorants :
Champs, villages, cités.—Rien n'échappe à sa rage,
Tous les efforts sont vains, on voit fuir du rivage
Des malheureux surpris au milieu du sommeil,
D'effroi devenus fous à cet affreux réveil.
On ne peut calculer le nombre de victimes;
Le Rhône furieux n'entr'ouvre ses abîmes
Que pour vomir la mort, le désespoir, le deuil;
Ce beau fleuve n'est plus qu'un monstrueux cercueil;
Il roule avec fracas, riant de ses entraves
Dans son courant glouton, de funèbres épaves,
Il est hideux à voir, on dirait que béant
Le gouffre dit : Je suis pourvoyeur du néant!...

Ah! comment adoucir ces angoisses horribles?...
Quel baume guérira des maux aussi terribles?...
Un seul! Le noble cœur de notre souverain,

Où Dieu plaça l'amour comme en un riche écrin.
C'est le ciel qui l'envoie aux premiers cris d'alarme;
Qu'il souffrait, ce bon père; on voyait une larme
Perler sous sa paupière. — Oh! les élans du cœur
Ne les a pas qui veut. — On peut, heureux vainqueur,
Signer son nom au bas d'une grande victoire;
Éclairer l'univers des rayons de sa gloire,
Ou faisant refleurir les lauriers de César,
Obtenir le triomphe et rentrer sur un char;
Mais... d'un peuple éperdu, voir et calmer les peines!...

. . . .

Nos mères mieux que nous sauraient peindre les scènes
Où, dans l'eau l'Empereur lui-même offrait du pain
Aux pauvres inondés que pâlissait la faim.
Autour de lui semant en sublimes largesses,
Tout ce que le destin lui donna de richesses;
Grand exemple ignoré jusqu'alors par les Rois
Et que prêchait Celui qui mourut sur la Croix!...

Heureux le souverain qui possède en son âme
Le foyer d'où jaillit cette soudaine flamme,

Sous les divins reflets de l'immortalité,
Son nom rayonne et passe à la postérité.

Sire, le monde est plein de votre renommée,
Il sait qu'au premier mot, votre fidèle armée
Est prête à s'élancer dans de nouveaux combats,
Il connaît la valeur de vos bouillants soldats,
Il se souvient encore qu'aux champs de Lombardie
Vos rapides succès ont créé l'Italie;
Que, battu, l'ennemi fuyant avec terreur
Méconnaissait la voix de son jeune Empereur
Qui ne put arrêter cette affreuse avalanche
Sans implorer de nous la paix à Villefranche,
Il sait les résultats des expéditions
Qu'exigeait notre honneur aux yeux des nations.

Mais ce que l'univers surtout en vous admire
C'est l'immense bonté du cœur qui vous inspire;
C'est votre amour du bien, votre amour du progrès,
Science dont vous seul connaissez les secrets.

Suivant un chemin sûr, étudié d'avance,

Vous êtes toujours ferme en usant de clémence,

Vous savez protéger prêtres, religions,

Où chacun va puiser des consolations.

Du Sénat les décrets lancés du Capitole

N'étaient point écoutés comme votre parole,

Quand du trône descend ce langage fécond,

Il se fait en Europe un silence profond,...

C'est que cherchant le bien, vous pardonnez l'injuste

Vous rappelant Cinna gracié par Auguste.

D'ennemis aveuglés un prince tout puissant

Par sa grandeur triomphe en épargnant le sang.

Puisse le ciel, témoin des vœux de la Patrie,

Compter des jours sans fin à votre dynastie.

Comme un phare éclatant, magnétique flambeau,

La France éclairera tout un monde nouveau

Et des **Napoléon** la grandiose image,

Embrassant l'Univers, planera d'âge en âge

Éternisant la Foi, l'Espoir, la Charité,

Ces trois symboles vrais du grand mot **Liberté**!!!

Camp de Châlons, Août 1864.